물끄러미

김서희

경상남도 통영에서 태어났다.

동국대학교 문화예술대학원 문예창작학과를 졸업했다.

2002년 『월간순수문학』, 2011년 『불교문예』를 통해 시인으로 등단했다.

시집 『허허로운 날엔 라면을 끓인다』 『뜬금없이』 『물끄러미』를 썼다.

2021년 불교문예작가상을 수상했다.

한국시인협회 회원이다.

PARAN IS 9 **물끄러미**

1판 1쇄 펴낸날 2024년 12월 25일
지은이 김서희
인쇄인 (주)두경 정지오
디자인 이다경
펴낸이 채상우
펴낸곳 (주)함께하는출판그룹파란
등록번호 제2015-000068호
등록일자 2015년 9월 15일
주소 (10387) 경기도 고양시 일산서구 중앙로 1455 대우시티프라자 B1 202-1호
전화 031-919-4288
팩스 031-919-4287
모바일팩스 0504-441-3439
이메일 bookparan2015@hanmail.net

ⓒ김서희, 2024, printed in Seoul, Korea

ISBN 979-11-91897-97-5 03810

값 12,000원

물끄러미

김서희 시집

시인의 말

평면인 하늘을 덮고 사는 나는
평평한가

굴곡진 대지에 발을 딛고 사는 나는
굴곡진가

직선으로 뛰어내리는 빗방울 보면
언제나 튀어 오르고 싶은데

무릎은 언제부터인지 낡아 버렸다

세상 와서 배운 건 완벽한 고독
돌아서면 몰려오는 몹쓸 헛헛증

핸들을 잡고 흘러간다

어디로 가고 있는가, 나여

끝은 있는가, 나여

차례

제1부

가지 먹는 여자

빛깔도 선명한 보랏빛 가지를
매끈하게 날것으로 먹는 여자
아무 맛도 나지 않는 그 가지를
오만 가지 양념에 무친 듯
달큰하게 씹어 먹으며
무슨 노래인지 음- 음- 허밍을 하는 여자
찌거나 볶아서 굴소스를 넣어
조물조물 무쳐 먹는 진보랏빛 가지를
옴쏙옴쏙 생으로 베어 먹는 여자
혹시 그런 여자 본 적이 있나요
입술을 보랏빛으로 물들이고
두 개 세 개 연달아 가지를 먹으며
세상 행복해하는 그런 여자
당신은 혹시 본 적이 있나요

제 엄마입니다
이 세상에 다시 오신 분명한 제 엄마입니다
보는 즉시 꼭 연락 바랍니다

반지하 방 볕뉘

창틈으로 쏟아지는 기다란 햇살이
내 단칸방을 쓸고 간다
한쪽 벽에서 맞은편 벽까지
헤드라이트를 비추듯 훑고 지나면
네모진 방의 네모진 하루가 끝이 난다
내 방에서 일어나는
햇살의 일이고 햇살의 하루다

내 방을 무대로 쓰는 그는
하루 두 번씩 약간은 길게
한 줄기 먼지춤을 보이면서도
때때로 나를 감시한다
내 생활을 바닥에 새기며
하루하루를 표나지 않게 기록한다

내 삶 한 칸이
뭉근한 이 지하방에
반쯤 갈앉아 있지만
햇살 따라 하루를 사는 건 매한가지
너의 하루도

나의 하루도 결코,

다르지 않다

부재(不在), 재(在)

　一

엄마 가고 없어도 꽃은 피었다
동백꽃, 풍로초, 긴기아난, 게발선인장에 군자란까지
물과 빛이 있으면 그냥 피는 것처럼

모양을 이쁘게 잡아 주고
거름도 흠뻑 주어
작년보다 더 많은 꽃송이
더 진한 꽃송이가 달렸다

매정한 것들!

아니 아니

그 고마움으로
그 보살핌으로
저리 피어나는가
저리 답을 하는가

아니 아니

　一

엄마가 오셨구나
저 환한 꽃들로 오셨구나

부신 햇살이 눈을 찌른다

필사(筆寫)

一

팝콘처럼 톡, 톡,
피어나는 벚꽃 가로수길
너랑 걸었던 그 하얀 길이 자꾸 따라오는데

밥집을 지나 매운탕을 지나 한 숟갈 웃음을 지나
술집을 지나 소주를 지나 한 잔 울음을 지나
찻집을 지나 아메리카노를 지나 쓰디쓴 쓸쓸을 지나
쪼르르 따라오는 길

뒤돌아보니 주-욱 펼쳐지는데
너는 없고
너풀대는 기억만 남아서
팝콘처럼 톡, 톡,
내 가슴에 꽃으로 핀다 순서도 없이

계절이 계절을 필사하는 동안
나는 또 너를 받아 적는다
이 망할 놈의 봄

一

겨울 목련

잎 없이 피는 꽃들은 고아 같다

봄만 기다리는 저 털북숭이들

하늘을 조각보로 이어 붙인 가지

그 끄트머리마다

두 손 모아 기도하듯

보일락 말락

털목도리 두른 몽우리들

하루하루 꽃불 당겨질 날 기다리며

아직은 가지의 보살핌을 받고 있다

강보에 싸인 아가들처럼

하마를 키우다

―　　그의 밥은 습기

　　옷장 깊숙이 숨어 앉아
　　스며든 물방울 부스러기들
　　옷깃에 붙어 있는 감정 나부랭이들
　　삼키고 삼켜 몸을 불린다
　　살집을 만든다

　　떠다니는 습기로 시간을 차곡차곡
　　채우고 채워 가는
　　이름만 하마인 플라스틱 통
　　물먹는 하마

　　습한 곳이 아니라
　　습할 곳에 숨어서
　　눅눅한 옷 속에 스며든 습기부터
　　문틈으로 숨어드는 물기까지
　　열심히 찾아낸다

―　　건조한 늪에 사는

하마 한 마리

제철 맞아 점점 물살이 오른다

바다로 간다

마음이 으깨진 사람들
바다로 간다

물결에 나를 맡겨
마음을 헹궈서
다시 태어나고 싶은 것이다

나무가
새가
씨앗이
햇살을 쏙쏙 받아먹으며

움터서
깨어서
자라는 것처럼
엄마의 자궁으로 돌아가
첫 마음으로 다시 생겨나고 싶은 것이다

마음 으깨진 사람들
엄마를 찾아

처음을 찾아
바다로 간다

물끄러미

—

수도꼭지가 흘리는 소리를 듣는다

똑. 똑. 똑,

늦지도 빠르지도 않은 저 간격

똑. 똑. 똑,

리듬이 일정하다

아래로 아래로
동그란 물길을 그러모으듯
동심원 그리며 빠져드는 물방울에
먼 길 달려온 물의 걸음이 보인다

잠깐 푸른 하늘빛이 담기고
잠깐 창을 넘어온 햇살이 담기고
잠깐 앞치마를 두른 엄마가 보이고
호수에 돌멩이를 던지던 어린 날의 내가 보인다

—

눈에 고이는 물을 그러모아
그리운 모든 것들을 그러모아
바라보는
물. 끄. 러. 미.

그 느린 속도로 한 방울 한 방울
하루 한 달 한 해가 되어
천천히 가파르게 흘러가는 것이다

어디로 갔을까

一

얼빠진 나를 보듯
알 빠진 반지를 본다
알은 없고 둥근 틀만 있는
가슴에 구멍이 난 반지

세수를 하고
밥을 차리고
설거지를 하고
청소기를
세탁기를 돌리고
마트에서 장거릴 사고

그렇게 지났을 뿐인데
그렇게 지났을 뿐인데
알맹이가 없다

어디로 갔을까

얼이 빠져
알 빠진 반지를 이리저리 만져 보듯

24

어디에도 없는 엄마를 두런두런 찾고 있다

어디에 계실까

베이다

검지 쪽 손등,
푸른 핏줄 바로 위로 칼날이 스쳤다
비명을 지를 뻔한 찰나
나를 안심시키듯 살짝 피만 번졌다

허벅지만 한 무 껍질을
감당하지 못한 칼날에
내가 잠시 위험했다
무와 칼날 사이 그 팽팽한 탄력을
무시한 나의 실수였다

오래전
할머니도 엄마도 거쳐 갔을 이 순간
그들이 거쳐 온 핏방울의 과거사가
오늘 내게로 와서 겹쳐졌다

무를 다시 천천히 돌려 가며
칼날을 살살 다독이며
껍질을 벗기는 시간

어디선가 자꾸 피 맛이 난다

흰나비

평평 쏟아지는 눈을 따라왔을까
내 머리 위에 나비 한 마리 날아와 앉았다
하얀 몸체에 검은 줄 하나 길게 그어진 자태
흔들림이 없다

설핏, LED 형광 불빛에 설운 듯
날개가 팔랑이는 듯도 한데
살아온 날들이
저 나비 몸짓 하나였다고
알 듯 모를 듯 장주의 호접지몽을 그려 주며
내 머리에 앉아 있다
조문을 받을 때만 반원을 그리며
위로 아래로 움직이는
한줄검정줄무늬 흰나비

그 나비를 보는 사람들만
하얀 웃음을 거두고 환한 말을 거두며
어두운 눈빛으로 물기 젖은 말들을 모아 준다

사흘 후면 어디론가 날아갈 나비 한 마리

내 머리 위에 가만히 앉아 있다

순천만 갈대

갈 때를 아는 그들
머리를 풀어헤치고
계절의 큰 상여를 메고서 가다 서다

멋모르고 온 세상
그래서 처음인 모든 게 서툴렀다고
그래서 매번 서걱거렸다고
온몸 휘어지게 울며 가다 서다

떼꾼한 시간은
남루한 계절은
남은 목숨길로 가다 서다

내 곁의 사람들 하나둘
이젠 기억 속에만 있어
하늘 푸른 가을날
나도 흔들리며 가다 서다

웅– 웅–
울음이 인다

왁자한 바람이 울음을 밀치며 가다 서다

그리운 맞춤법들

一   양평 오일장으로 마실을 갔다
장도 보며 사람 구경도 하며
이 골목 저 골목 돌다 보면
마음에 오롯이 얹히는 팻말들이
좌판에 앉아 있다

둥굴래 홍악씨 결맹자 헉개나무열매
브로코리 캐일 치크리 곰치 클라비
두통 빈열 기침애 조은 구기자

그래도 다 알아먹는 정겨운 이름들

내 할머니의 국어였고
내 엄마의 맞춤법이었다

볶아서 차로 마시거나 혹은
그 씨앗을 심는 사람들로 하여
황토밭 어디쯤서 다시 움을 틔울
보고 싶은 맞춤법들의 얼굴들
一   엷은 웃음 끝에 눈물도 살짝 얹히는 봄이다

종착역에 닿으면

한 뭉텅이씩 불어오는 바람결로
있는 듯 없는 듯 늘
내 곁을 맴도는 듯한 당신들
타닥타닥 한 줌 재로 떠나간 당신들
어릴 적 TV에서 본 은하철도 999를 타고 가면
철이와 메텔이 헤어졌다 다시 만나듯
당신들을 다시 만날 수 있을까
기차는 언제나 떠남의 출발점이었고
역은 늘 도착의 종점이었지
여기에선 가 볼 수 없는 그곳을
은하철도 999를 타고 가면
그대들이 있는 그 종착역에 닿을 수 있을까
큰엄마 큰아버지 할머니 할아버지 그리고 엄마
보고 싶은 당신들과 함께했던 시간들
다시 만날 수 있을까

없는 사람 무지 그리운 계절이
지금 내 앞에 서 있다

손톱꽃 피다

—

봉숭아꽃을 따다가 손톱에 올린다
꼭꼭 눌러서 꽃물 들인다

까만 씨앗에서 초록으로 주홍으로 온 꽃

손톱에 옮겨 앉으며
다시 핀다 손톱꽃

물이 든다는 건
마음에 마음을 얹는 일

꽃 올린 막내 고모 손톱을
무명실로 꽁꽁 묶어 주던 할머니

다시, 피어난다

—

제2부

씨앗

갸륵한 완성이자

신비로운 출발점

윤회의 한 가닥

엇박자

오토바이를 타면
얼굴에 와닿는 그 바람 맛이 일품이란다
한두 방울씩 떨어지는 빗방울이
얼굴에 닿아 퉁겨질 때면
애인의 손길이 탱글탱글 느껴진단다

속도계 게이지가 올라갈 때마다
어미의 속은 시꺼멓게 타들어 가고

속도를 즐기는 아들과
속도에 심장이 짓눌리는 어미는
엇 박 자

제발 제발
바퀴 닿는 그 땅과
얼굴에 닿는 그 바람이
부디부디 순한 흐름이기를 바라고 바라노니

바라바라~ 바라바라~

멀리서 아들이 온다

사과 한 알

사과를 돌돌돌
돌려 깎아 내려간다.

과즙이 흐르고
드러나는 하얀 살집은
꿀벌이 가루가루 비벼 놓은 꽃가루로
꽃잎에 놀다 간 햇살로
해작대며 지나간 바람 한 줄기로
만들어진 것.

짱짱한 땡볕이어도
온 세상이 장맛비로 축축했어도
늘 용서했던 여름
아들의 왼 볼에서
자근자근 스며든다.

그 꽃가루
그 햇살
그 바람
벌 나비 떼 분분(紛紛)했던 그 몸짓

사라지고 있다
아작아작 아그작 아삭.

밥벌이

남편은 종일 모니터 앞에서
주식의 빨강 파랑 세모꼴을 보며
어허 참!

딸내미는 해종일 회사에서
메마른 서류 뭉치를 만들고 파쇄하고
모니터와 복사기를 보고 만지며
아고고!

아들은 진종일 빈둥빈둥
게임으로 제 방을 채우다가
스케줄이 나오면 그 시간 그 장소에서
점프 텀블링 백텀블링 비보잉을 하며
왓써 욥 왓써!

밥을 번다

나는?
그들의 뒤치다꺼리를 하며 잔소리를 하며
밥을 먹는다

음식 장만에 청소에 빨래에 쓰레기 버리기

옷 제자리 걸어라 샤워 좀 해라 신발 좀 가지런히 벗어라……

고액의 잔소리로 연봉을 받으며

기울어진 각도

一
　　잠복해 있던 낡은 시간들
　　견디지 못하고 결국 무너졌다

　　삐죽이 배를 내미는 거실 서랍장
　　들어맞던 뼈가 어긋났다
　　이십 년 넘도록 집 안 공기를 씻어 주던
　　해피트리 무게를 견디지 못하고
　　하루아침에 내려앉았다

　　'행복'이란 꽃말을 잡으려
　　몸을 다 써 버린 아버지
　　닫히지 않는 서랍처럼
　　허리가 고장이 났다
　　협착증의 통증으로
　　자꾸만 걸음을 놓친다

　　기력은 조금씩 날아가고
　　기억은 오롯이 남아서

一
　　하루하루 조용히 낡아 가는

거실 서랍장

나의 아버지

먼 길 돌아서 왔다

실뭉치처럼
각질로 두꺼워진 길이
이제야 펼쳐진다

홀로 걸어온 외진 길
삐뚤빼뚤 어긋난 발톱
시퍼런 멍이 굳어 거무튀튀해진
삐끗 넘어졌다가 다시 일어선
숨이 차올랐던 급경사의 비탈길

그 많은 길이 당신의 발에 칭칭
감겨 있다

가끔은 힘들었던 그 길을 달래려고
베란다 의자 위에 걸쳐 놓는다
헝클어진 길들이 햇살을 받아
환하게 풀어지기를

그래도 여전히
그 길 다시 걷는지

하루가 다르게 핏기가 없어지는

당신의 두 발

동충하초(冬蟲夏草)

―

엄마는 식물이 되어 병상에 뿌리를 내리고 있었다

투명한 링거 줄로
수액을 흘려보내도
꿈쩍도 않던 엄마

바짝 마른 몸에 바람이 부는 듯
초점 없는 눈빛이
민들레 꽃씨처럼 조금씩 흔들리더니
그림처럼 눈발이 휘날리던 그 저녁
꽃으로 좋았던 시절 잊지 말라며
털보숭이 씨앗 하나 내 가슴에 남기고 떠났다

폭우로 자동차가 물에 잠기고
저지대 거주자들은 긴급 대피하라는 뉴스가
거실에 둥둥 떠다니는 찐득한 이 장마에

비설거지 서두르며
청양고추와 홍합을 넣어
매콤한 부추전을 부쳐 주던

고소한 맛의 그 기억이
환한 꽃으로 움이 트는지
가슴 뽀개지듯 먹먹해져 온다

내 가슴에도 흠씬 장맛비가 내린다

엄마가 우리를

―

순서대로 절을 올린 후
집 안의 불을 모두 끄고
촛불 두 개만 타오른다
상을 뒤로하고 돌아앉아 모두 침묵한다
멀리 떠난 이가 와서 밥 먹는 시간

엄마가 왔는지 촛불이 한쪽으로 펄럭거린다
일 분 이 분 삼 분…… 십여 분의 시간이 흐르고
다시 불을 켠다
엄마는 그렇게 빨리 밥을 먹고 갔을까
각자 먹고 싶은 음식을 먹으며 음복을 한다 이로써

반서갱동 접동잔서
어동육서 두동미서
촛대 육탕 소탕 어탕 촛대
좌포우혜 생동숙서 건좌습우
조율이시 홍동백서

의 시간은 끝났다

―

이렇게 또 일 년 후의 만남을 기약하며
기억의 시간을 닫는다
정월대보름이라 오곡밥에 부럼에 귀밝이술을 마시는 날
명절에도 다 모이지 않던 가족을
돌아가신 엄마가 모두 불러 앉혔다

그들은 모른다

하늘이 찢어지고
몸이 갈라지는 고통으로
나는 절반쯤 죽어 있었다

우렁찬 아가의 울음소리로
세상 환한
나의 핏덩이들,
두 개의 보물을 그렇게 만났다

잘 익은 계절이
푸른 토양에 발 담그게 하고
통통한 콩나물처럼 쑥쑥 자라게 하여
어린이가 되고 청년이 되어
지금은 어엿한 어른이 되었지만

그들은 모른다

손톱 자르다 살집까지 잘라
아가랑 함께 울었던 일
고열로 경기를 일으켜

한밤중에 응급실로 뛰었던 일
아이가 아프다는 선생님 전화에
정신없이 학교로 달려갔던 일

그런 나를 그들은 신(神)처럼 생각했다는 거
그것만으로도 내가 얼마나 행복했는지
내 이름에 엄마라는 이름을 포개 주어
그 또한 얼마나 고마웠는지

그들은 절대 모른다

신문을 보다가

─

엄마를 무덤으로 보낸 후엔
습관처럼 부고란을 본다

석옥이 씨 별세, 방송인 송해 씨 부인상.
널리 아는 사람의 부고다
며칠은 슬픔 속에서 허우적이겠다

누구는 하늘로 갔다고 하고
누구는 흙으로 돌아갔다고 한다

눈물은 국화꽃으로 만발할 테고
기억 속의 얼굴은 향으로 떠다니겠다

커피 가루에 일렁이는 햇살을 부어
피어나는 향을 마신다
커피를 유독 좋아하던 엄마

슬픔의 한기가 도는 부고란에
마음이 한참 머문다

─

또 봄은 왔는데

가림막이 쳐졌다
얼굴엔 마스크가
점포엔 셔터 문이
식당마다 투명 가림막이
걸을 때나 앉을 때나 일정 간격으로
띄 엄 띄 엄
함께의 삶이 아닌
따로 따로의 삶을 당부한다 당분간은

그 당분간이 차마 일 년을 넘어설 줄이야

사소한 것들 모두가 사랑이란 걸
소소한 것들 모두가 행복이란 걸
아프게 깨우쳐 주는 COVID-19
우리가 우리를 두려워하며 조심하며
살게 되는 세상이 오리란 걸 상상이나 해 봤을까

봄은 다시 왔고
벚꽃은 또 피어서
꽃눈으로 눈부시게 날리는데

시체꽃(titan arum)

一

그것도 꽃향기라고
동물이 썩어 가는 냄새를 풍기며 피는 꽃이라

보드라운 흙의 영양분을
칠 년 동안 모으고 모아
3m 키와 1.5m 넓은 몸뚱이로
중력을 거슬러 하늘 향해 오르는

벌 나비 없는 울울창창 밀림 속에서
시체향 피워 올려
쉬파리와 딱정벌레를 간절히 유혹하는 꽃

오로지 종족을 잇기 위해
단 이틀 활짝 피었다가 시든다는 그 꽃

꽃의 절정으로 들수록
진해지는 시취에 홀려
정신없이 뛰어드는 쉬파리들 딱정벌레들
땅속 어둠과 땅 위 햇살로

一

칠 년의 세월에 이틀이 더해지는 한생을 끝맺음해 준다

일주일을 살기 위해 십여 년을 견디는 한 마리 매미처럼
영그는 열매는 땅속으로 들어
다시 긴 세월을 품는다

그것도 꽃이라고

지팡이가 사라졌다

베란다 창밖을 내려다보는 아버지
엄마 손을 꼭 잡듯
두 손으로 지팡이를 붙들고 서 있다

엄마가 하늘 소풍 떠난 뒤
아버지는 자꾸만 넘어지신다

사람 人 자에
의지할 뼈대가 없어서인지
한번은 고관절이 부러졌고
또 한번은 허리뼈에 금이 갔고
지난주엔 발목을 삐었다

지팡이를 짚고
허리 복대를 하고
보행기를 밀며
조심조심 내일로 걸음을 옮기는 남자

오늘은 추운 하늘에 눈 떨어지는 걸 보며
엄마 손 꼭 붙잡고 서 있는 아버지

아직도 발목이 부어 있다

하니공원 스토리

아무래도 불치병 환자 같았다

자작나무 몇 그루 어깨동무하듯 서 있는
성내동 자그마한 공원에
작은 책상과 의자를 가져다 놓고
학생처럼 앉아서 책을 읽고
엎드려 낮잠을 자고
태연히 도시락을 까먹는 그는
메마른 체격에 키만 길쭉하니 커서
자작나무 둥근 테두리를 따라 걸을 때면
발걸음이 허우적 허우적
위태로운 불안을 몰고 다녔다
비 오는 날에도 우산을 쓰고
그 책상 그 의자에 멍하니 앉아
이곳 말고는 갈 곳이 없다는 듯
새들이 와서 떠들어도
강아지가 주인을 끌며 여기저기 들쑤셔도
벤치에 앉은 할머니들 와글와글 수다로
하루를 냉큼 베어 먹어도
제 볼일만 보던 그는

하니공원이 엄마처럼 돌보던 그는
봄이 오고
벚꽃이 피고 라일락 향기가 터지고
붉은 장미가 흐드러져 누워도
없다
책상도 의자도 없다

이젠 하늘공원이 돌보는 것일까

문제는 바닥

一   나는 하얀 눈가루 떨어진다 하고
그이는 하얀 꽃잎이 나부낀다 한다

나는 보이는 그대로를 말하고
그이는 보이는 그것에 향기를 더한다

구순이 넘은 여인의 피부가
마를 대로 말라
여기저기 흩어지는 각질 나부랭이들

짙은 커피색 바닥이
어머님 가시는 걸음마다 흔적을 만들어 놓는다
거실과 식탁, 안방까지 풀썩이는 흰 각질들

며느리는 걸음걸음 눈가루 뿌리며 오신다 그러고
아들은 어머님 걸음길에 하얀 꽃길이 생긴다고 그런다

어머닌 어두운 바닥 탓을 하신다

二   이건 뭐 누가 뭐래도 우리 집 바닥 탓인 게다

제3부

나이 듦

시원하게 먹으려고
유리병 가득 부어 놓은 커피를
냉동실에 넣어 두곤
깜빡, 잊어버렸다
다음 날
냉동실 알커피를 찾다가 발견한 커피 병
하얀 실금으로 터져 있다

흔들리지 않으려
변하지 않으려
당하지 않으려
어깨를 부여잡고
스크럼을 짠 결속의 시간들
웅– 웅–
병 하나의 투명한 완력
깨어지지 않으려
흩어지지 않으려
애를 쓴 파편들

뾰족하게 아프다

구십하나 구십넷

그를 살리려다 그녀가 쓰러졌다
발을 헛디뎌 고관절이 부러졌다
수술을 하고 재활 요양병원에 갇혀 버렸다

한 발 한 발 누워서 돌리는 자전거에 반나절을 보내고
오줌줄을 차고 내딛는 걸음에 또 반나절이 끌려갔다
그 발자국에 오늘이 끌려가고 내일이 끌려온다

치매 요양병원으로 갔다는 그의 소식에
우두커니 동쪽 하늘만 바라본다
그가 갔다는 보훈병원 쪽으로

입맛도 살맛도 없다며
전화기로 건너오는 목소리는 언제나
내 기운까지 모조리 뽑아 버린다

구순이 넘은 두 분이
자식들에게 주는 건 절망
그 절망을 넘어야 비로소 안식이 오는 것인지

백 년 가까이 살은㈜ 인생인데
그날이 그날인 하루가
무슨 이유에서인지
서쪽 하늘에서 부끄러운 낯빛을 하고 있다

수구초심(首丘初心)

一

제 떠나온 곳으로 머리를 두고 죽는다는
여우를 보면
하늘 쪽으로 키를 키우는 우리는
하늘이 고향이란 말일까
땅에서 자라는 것들
죄다 하늘을 향해 몸 키우는 걸 보면

접시꽃 붓꽃 칸나 원추리 해바라기
전나무 미루나무 느티나무 플라타너스 메타세쿼이아

나도 그렇게 키를 키웠다

하늘 떠나 살아온 우리가
하늘 그 어딘가로 돌아가기 위해
지팡이를 짚고서라도 기어이 일어선다

고관절 부려져 요양병원에서
석 달을 고생했던
아흔넷 우리 어머님
보행 보조기를 붙잡고

一

다시 일어선다

마치 고향으로 가야 한다는 듯

설렘이 앞서가다

一

노인이 노인을 보러
요양병원으로 면회를 간다
칠십 년간 부부였다는 걸
기억이나 할까 싶어
아버님이 참 곱다 하시던
물방울무늬 자켓을 입고
면회를 간다

어머님은
쿵쾅이는 마음이 진정이 안 되는지
말을 걸어도 말귀를 꿰지 못하고
양말도 짝짝이로 신고
길을 앞세우던 지팡이도 까먹었다
구순의 노인이
옛 애인 볼 생각에 정신이 없다

칠 년여의 묵언(默言) 터진
매미 울음소리에
팔월의 하늘도
갈라졌다 이어지고

─

여섯 달 동안
헤어져 있던 마음도
찢겨졌다 꿰어지고

무너지는 경계

一 　슥 슥 슥 슥
　　어디서부터 오는 소리일까
　　아파트 놀이터엔 아이들도 없는데
　　자꾸만 반복되는 소리의 거처를 찾아
　　두리번거린다

　　저만치서 노인 두 사람이
　　오다 서다를 반복하며 천천히 걸어온다
　　돌쟁이 걸음마 떼듯 한 발 한 발
　　신발 끄는 소리가 박자를 맞춘다
　　할머니 손을 꼭 잡고 보조를 맞춰 걷는
　　할아버지 걸음이 답답하게 끌려온다
　　벙거지를 쓰고 목도리를 칭칭 둘러맨
　　할머니 신발 끄는 소리가
　　아파트를 둘러싼 적막을 찢고 있다

　　무릎이 시큰거려 운동 삼아 걷고 있는 내게도
　　모퉁이를 돌아가는 저 노부부에게도
　　세월이란 시곗바늘에
一 　몸 무너지는 발소리가 있는 것일까

경계를 넘어 불어오는 초겨울 바람이 매몰차다

푸른 편의점 출입구 옆에

—

앞무릎을 꿇고 있다

물건 박스에 부딪혔는지
진상 손님과 한판 붙었는지
나이가 들어 절로 무릎이 꺾였는지
푸른 편의점 출입구 옆에
에어컨 실외기와 줄 맞춰 주저앉은 의자 하나
튼튼한 스테인리스로 만들어진 네 다리 중
앞다리 두 개가 나란히 부러진 이유가 궁금했다

그 의자를 보자
어른이 되면서 두 다리를 못 쓰게 된
친구가 생각났다
어릴 땐 친구들과 뛰어다니며 놀았는데
사춘기가 지나면서 자꾸만 다리에 힘이 빠져
급기야 목발 두 개가 다리가 된 친구
서툰 목발에
길에서 넘어진 채로 울고 있던 그녀
장애인 혜택으로 어엿한 직장인이 되었다는데

—

편의점 들어가다 만난 의자 하나가
아주 오랜 저편, 저릿한 기억을 데려다 놓는다

덜컥, 터널 지나기

오른쪽 가슴에도 통증이 왔다
왼쪽 가슴에 물혹이 있다는 의사의 말에

느려지는 신진대사에
그 속도가 조금 느릴 뿐
조금씩 조금씩 커진다고
삼 개월 후에 다시 보잔다

예순도 안 된 나이를 살고 있는데
친구의 부고를 또 들었다

덜컥 죽음으로 가는 이 터널은
도대체 몇 개나 남아 있을까

몇 해 전 덜컥 하늘 가신 엄마의 말
일어날 일은 일어나게 되어 있고
그러면서 다 지나간다는 그 말
곱씹고 곱씹으며
가을 하늘에 맥빠진 일기를 쓴다

나는 점점 쉰밥이 되어 가는데
물 위에서 뛰노는 구월의 햇살은
저리도 눈이 부시다고

병원 일기 1

一

CT 촬영을 위해
주삿바늘만 꽂고
이름 불리기를 기다리는데
옆에서 슬쩍,
명함을 주고 가는 여인
무언가 싶어 보니

원룸 숙소
환자와 보호자를 위한 독립적 원룸
각종 편의시설이 갖추어진 〇〇〇
일박부터 예약 가능

나는 지금 아프고
안 아플 희망을 강구하는데
여인은 그것으로 밥을 벌고 산다

그녀의 환한 생활이
병원 복도를 또각또각 지나고
그녀 떠난 빈자리엔 독립적이고도 편리한 그곳이 일렁인다

一

삶은 어차피 각자의 방식이라

병원 일기 2

암에 걸려 본 사람은 안다.

살고 죽는 게 얼마나 간단한 일인지
아니
욕심부리며 사는 게
얼마나 허한 일인지
하루하루가 그저 축복이고 행복이라는 걸
아무 일도 일어나지 않은 하루가 얼마나 감사한 일인지를
죽음 앞에 가 본 사람은 안다
시시한 오늘은 어제 죽은 자가
그토록 바라던 내일이란 말
들을수록 가슴 먹먹해지는 말
암이라는 단어 하나에
풀썩,
무릎이 꺾이는
그런 시간이 있을 것이다
코에 팔에 머리에 주삿바늘 줄을 매달고
소변 줄을 매달고
한 발 한 발 오늘을 내딛는 환자들
귀하고 귀한 시간을 살고 있는 내가

한때 그 속에 있었다.

끌려가는 길

당신의 손에 걸어온 길이 있다

시퍼런 힘줄이 불거지고
지문은 닳아서 없어진 지 오래
손톱 밑엔 시장통에서 얽은
삶의 땟국물이 꺼멓게 끼어 있다

아침 길 되밟으며 집으로 가는 길
빈 나무 박스 질질 끌리는 소리
사람들은 요리조리
비린내의 욕설을 피해서 간다

끌려가는 저 나무 박스는
쓸모를 다한 노인의 모습
긁히고 파이면서도 어쩔 수 없이 걷는
절뚝절뚝한 걸음걸음

털신은 자꾸 헐거워져 가는데
가야 할 길은 아직 멀다
여태껏 걸어온 당신의 길이

들썩, 들썩이며

나무 박스 그득히 실려 가고 있다

여름을 관통하다

―

한쪽 다리를 저는 그가
교통사고로 병원에 실려 가서 얻은 것은
췌장암 말기라는 사실 하나

인대가 달아난 성한 다리 한쪽보다
배 속의 오장육부가
암으로 덮였다는 사실이
그를 맥없이 주저앉게 했다

그토록 성한 여름 기운이
그에게서 모두 빠져나가 버렸다

조금씩 짙어 가는 감빛 노을의 경건함을
어둠이 사정없이 덮어 버리듯
중년의 멋스러움에 격을 갖춰 가던 그를
갑작스런 죽음이 덮어 버리고 말았다

왜?
도대체 왜?

―

너덜너덜해진 여름의 끝자락도

한낮에는 핏대를 올리며

해바라기 꽃씨를 저리 쪼아 대는데

시월의 끝자락

태화,
울산 태화강을 떠올리면
생각나는 그 친구 윤태화

그 강변을 지나는데
가을볕에 흔들리는 갈대들
은빛 머리를 말리고 있다
그 머릿결 사이사이 이는 바람 한 뭉치
강물 위에 삐뚤빼뚤 발자국을 남기며 휘돌다가
내가 탄 좌석버스 5003번 창틀을 붙잡고 따라온다
울산역으로 가고 있는 내가 서글퍼 보였을까

달력의 '추석'이란 두 글자가
우리를 한없이 바쁘게 하더니
한없이 정신없게 하더니
그래서 쓰러졌을까
명절 연휴 지난 지 며칠 후
갑자기 하늘로 떠난 그녀
검정 외투 검은 구두에
수없이 박히는 햇살촉 화살

눈도 입도 제 할 일을 잃었다

따라온 한 뭉치 바람이
기차를 기다리며 서 있는 플랫폼의 나를
쏴— 훑고 지난다

사람꽃

금이야 옥이야 키운 자식들은
금으로 된 흉기가 되고
옥으로 된 무기가 된다는 뉴스에
두 노인의 눈동자가 흔들린다

사각형 그 좁은 방바닥엔
모가 난 한숨이 이리저리 자리를 옮겨 앉고
방문 뒤쪽 술병들은 띄엄띄엄 한 소절씩
저녁놀 무늬를 새겨 넣고 있다

자식들의 거처는 너무 자주 바뀌어서
아파서 설워도
연락할 길 없는 구순의 부부
조용히 죽음을 물고 산다

병원에 가려고 현관문 나서다
넘어져 뒹군 오늘 아침은
기억에서 싹 달아나 버리고
팔다리에 남은 시퍼런 멍만 껌뻑껌뻑
쳐다보는 할머니

그 할머니를 쳐다보고 있는 할아버지

그 설운 사람꽃 이야기가
내 옆집에도 있다

부고장(訃告狀)

一

나이를 더해 가다 보니
곁에서 하나둘 사라진다
어제 만난 사람까지
고인이 되어 날아드는 부고장
돌이 되어 가슴에 얹힌다
막막해지면서 헛헛해지면서
내가 아주 쪼끔 무거워진다

아는 사람들 거의 없는
쓸쓸한 날들이 훌쩍 오면
나도 그 사별의 돌덩이가 되어
지인의 가슴팍에 날아들 것이다
내가 그랬던 것처럼
조금씩 그들을 가라앉힐 것이다

왔으니 결국은 돌아갈 길

오늘도 가슴에 얹히는 짱돌 하나에
내가 쪼끔씩 가라앉고 있다

一

요양병원에서

시든 꽃잎과
쪼글해진 잎사귀
오늘을 어제처럼 마주하는
구순의 마른 꽃

초록 시절 건너는 젊음 바라보며
시듦을 견디고 있다

가끔
먼 곳을 바라보는 눈동자에
옛날이 고이는지
눈물 그득해지고

빗줄기 점점 강해지는 창밖을 보며

이불 끌어당기는
물기 없는 이파리
아주 조금씩 떨린다

제4부

목련

잎새 한 장 도움 없이
그 마른 가지에
눈을 틔워
입을 열어
햇살껌 씹어
후-욱 불어 올린다
날(日)이 더해질 때마다
부풀어 부풀어
만개하는 꽃풍선
급기야 펑펑 터지는 목련 풍선껌
발치에 쌓이는 하얀
껌딱지들
봄딱지들

석류

여름내 꽁지 긴 작은 새처럼
가지마다 하나둘 앉아 있더니
한동안 불씨를 품고 있더니
그 열기로 씩씩대더니
톡, 톡,
불을 피우려 급기야 쩍 벌어진다
흩어지는 불씨들
입안에 넣으면
앗 뜨거 앗 뜨거
아니
아이 시어 셔
불씨를 끄느라 물이 고인다 침이 고인다
하나둘 불씨를 떼어 먹는 아이들의
입속에도 불기가 피어난다
그 아이들, 잇몸이 붉다

모르고 모르니 모를 일이다

손바닥으로 감싸고 있는 너의 얼굴에
작은 오만과 쓸쓸이 함께하고 있는 이유를
우리는 모른다
빤히 쳐다보는 눈매와
도도하게 뻗친 콧날 아래
쓸쓸한 듯
고독을 물고 있는 꼭 다문 입술
어디를 향하고 있는지
눈빛이 멀다
그 먼 허공에 엄마가 보이는지
음- 마- 하고 부른다
배냇짓하는 아가처럼 씨익 웃다가
금세 굳어지는 저 무표정의 표정
세상천지 홀로 툭 떨어진 듯
아무것도 모르는 구십넷 세월이
헛되고 헛되다
그 두툼한 외로움을 우리가 모르듯
너도 우리를 모른다
못 알 아 본 다

96년 1월에

내가 둘째를 낳고
그 아이와 디굴데굴 지낼 때
그는 갔구나

96년 1월
초콜릿케이크에 슈가파우더 뿌리듯
사르락사르락 눈이 내려
눈산 눈언덕 눈마당을 이룰 때
백기행, 그는 나타샤를 만나러 떠났구나

한겨울 햇살을 온몸으로 껴입고
아가를 업고 어르며
나를 잊어먹고 살았을 때
백석 시인은 갔구나
83년을 나타샤 찾는 당나귀로 살다가

사상 이외의 문학성을 강조하던 그의 언어는
숙청의 칼날이 되고
노동판의 곡괭이가 되어
움푹 파인 그의 가슴팍

절필 선언으로 덧거친 세상을 버린 것일까

나타샤를 만나러
흰 당나귀 타고 떠난 그 밤
그는 갔어도
녹지 않는 그의 발자국은
여전히 남아 있다

구월을 건너서

소란했던 발소리가 점점 멀어져 간다
여름내 울던 참나무도 느티나무도
이젠 목청을 거두고
긴 그림자를 조금씩 잘라 낸다

강둑의 갈대는 여름날의 회한으로
머리를 풀어헤치고
코스모스는 서로의 어깨로 흔들리며
햇살에 그을린 검은 말들을 뱉어 낼 것이다

하늘은 구름 없이 그저 물빛……

거실을 넘어온 바람은
키 큰 남천의 허리를 붙잡고
왈츠를 추고 있다
오래 젖었던 장마의 기억도
선한 바람결에 뽀송하게 말랐다

이파리 가장자리부터 붉게 물들어 가는
우리 집 남천에

발긋한 시월이 첫발을 내밀고 있다

어떤 봄날

개나리꽃이 노랗게 필 때면
국민학교 정문 옆으로
병아리를 팔러 오는 아저씨가 있었다

종이 상자에 갇혀 삐악거리는 병아리를
손바닥에 올려놓고
한 마리 백 원이라며
하굣길 어린 병아리들을 자석처럼 끌어당겼다
빻은 좁쌀을 뿌려 주면
좁쌀 따라 우우 몰려다니는 그 쫑쫑이들
한참을 쳐다보다 결국
주머니 속 백 원과 맞바꾸고 말았다
종이 봉지에 든 삐약이는
집으로 가는 내 발걸음에 바퀴를 달아 주었다
그 귀여운 것을 쫓아다니며
물도 떠다 주고 삶은 달걀노른자도 으깨 주고
밤엔 어미처럼 품에 안고 잠이 들었다
아침에 눈을 뜨자마자
잠결에 짓눌린 그 병아리를 보기 전까지는
더 이상 삐약이가 움직이지 않는 걸 보기 전까지는

나는 꿈속에서조차 행복했으니

그 봄날 이후
내 몸에 붙어사는 삐악이 한 마리
가끔씩 내 등짝을 쪼아 대는지
이유 없이 허리가 아프기도 하였다

Before After

一

나이 많은 앵무는 하늘로 갔다
그 빈 공간에
식물 한 마리 키운다
잎을 길게 늘여 가는 녀석을 보며
그전의 집주인, 나의 앵무를 생각한다
초록빛 몸통에 하늘빛 날갯죽지
빠알간 부리를 지녔던.
먹이를 손에 놓고 녀석을 부르면
콕, 콕, 먹이를 쪼아 먹던
먹다가 머리를 쳐들고
요리조리 갸웃뚱 나를 쳐다보다
또 먹이를 먹던 녀석
내 어깨에 내 머리에 조롱조롱
매달렸던 녀석
내 손을 잡으려는지
꽃을 길게 늘어뜨리며
새장에서 새처럼 새하얀 꽃을 올리는
해오라비난초
오늘 또 한 마리가 날개를 푸드덕거린다

一

겨울 바다

이별도 사랑도 다 두고 오랬다
바람에 날려 버릴 사연만 가지고 오랬다

발밑으로 잦아드는 물빛 미련일랑
모래 털어 내듯 툴툴 털고 가랬다

밀려와서 밀려가는 겨울 파도 한 자락
치맛자락 펼치듯 쫘-악 펼쳐지는데
마음 하나도 그렇게 새로이 펼치라 했다

버릴 수 있는 건 다 버리고 가는 거라고
얼굴에 부딪는 세찬 눈바람이 그랬다

멈춰 버린 시간

편지지에 고개를 숙인 맨발의 소녀가
벽에 등을 기댄 채 서 있다
소녀가 기댄 흰 벽에는
박인환의 시 '얼굴'이
그녀의 필체로 빼곡히 적혀 있다

오래된 시집 속 책갈피 가름끈으로
마지막 인사처럼 붙어 있는 단풍잎 한 장
사춘기의 계절이 여태껏 붉은빛으로 남아 있다
따뜻했던 햇살과 바람과 웃음
그대로 박제가 되어 있다

국어 시간을 유독 좋아했던 나는
운동장 벤치에 앉아
간밤에 읽은 시를 얘기하곤 했다
단발머리 여중생의 귓가에서
민들레 솜털 같은 시어들이 바람결에 일렁이고

시어들만큼 기억을 파먹은 시집처럼
너도나도 이토록 많은 계절을 지나쳐 왔는데

지금은 어디서 어떤 시간을 살고 있는지
함께한 그 소녀는 여전히 책갈피 속에서
맨발로 기다리며 서 있는데

접시에 담긴 저녁

뉴스 시작 삼 분 전 사과를 깎기 시작한다
삼 분 후면 듣게 될
세상 돌아가는 이야기
사각사각, 사과를 돌려 깎으며
시간을 돌돌 깎아 내리며
쏟아질 뉴스에 주파수를 맞춘다
매일같이 밖의 세상이 궁금한 나는
오늘의 뉴스를 접시에 담는다

갓 낳은 아기를 검은 비닐에 싸서 버렸다는
유명 가수가 음주 교통사고를 냈다는
필리핀에 간 청년이 저수지 플라스틱 통에서 발견되었다는
4.8 규모의 지진이 남쪽 지방에서 발생했다는
돌려 깎은 사과가 접시에 담기고
접시에 담긴 사과는
큰아들 작은아들 입으로 사각이며 사라지고
뉴스도 사과처럼 한 조각씩 넘어가고

베란다 흰 제라늄이 시들어 가는 동안
돌려 깎은 사과 껍질은 버려지고

8시 저녁 뉴스는 늘 쓴맛으로 남았다

껍질은 힘이 세다

미역국이 변했다
거품이 둥둥 떠 있어
한 숟갈 떠먹어 보니 시큼했다
어젯밤 끓여 놓았는데 이걸 어째
트리플A의 소고기가 많이 아까웠지만
음식물 쓰레기통이 고스란히 받아먹었다

아들 생일이라
며칠 전에 사 놓은
샤인머스캣도, 체리도
아직 멀쩡한데
조금 전 깎아 놓은 사과는 갈변해 버렸다
껍질 벗겨진 쇠고기나
껍질 없는 미역이나
껍질 깎인 사과나
푹푹 찌는 여름 열기에 그만
속내를 드러냈다

햇볕 알러지로
여름이면 돋아나는 내 가려운 피부병도

속을 보호하기 위한 껍질의 반응일까
반들반들한 체리도
선이 선명한 노란 참외도
일주일은 거뜬하겠다

산소 가는 길

굴참나무 한 그루가
청승맞은 길목을 지키고 서 있는
이 가파른 산길은
가팔라서 언제나 쓸쓸하다

앙칼지게 우는 매운바람이
그렇게 오래 거쳐 지났음에도
알 수가 없다 나는
딸 둘 남기고 하늘 간 고모는
그렇게 쉽게 발이 떨어졌을까

다 자란 딸들은
사랑을 만나 결혼도 하고
나름 잘살고 있는데
한구석 마음 그늘은 어쩌질 못했다
엄마 없인 못 살 것 같은 세상을
그냥저냥 그렇게들 살고 있다

우긋한 하루를 채우며 사는
내 가는 길도

오늘은 꽁꽁 얼어서
자꾸만 이렇게 미끄러지는데

봄국을 끓이다

또 봄이 왔습니다
당신이 끓여 준 도다리쑥국은
완연한 봄날이었습니다

그녀가 불쑥 건네준 한 봉지 쑥은
요리에 젬병인 나를 살짝 고민에 빠뜨렸습니다

아직 아침저녁 바람이 맵싸한데
조각 햇살 펼쳐진 곳곳에
소보록하니 올라온 쑥을 똑똑 끊어 온
그녀 포근한 마음 헤아리며
유튜브에 물어 국을 끓입니다

전화해서 물어볼 당신은 먼 하늘에 계십니다

쌀뜨물과 된장에 버무려진 쑥과
싱싱한 도다리로 만들어진 한 그릇의 국
햇살 잔뜩 머금은 쑥과
쪼그려 앉았던 산비탈의 그녀 따사로운 정이
오늘 저녁 한 그릇 봄국으로 완성되었습니다

당신께 전화해서 무한 자랑하고 싶은
봄, 봄국입니다

귀향

출항했던 배들이 모두 돌아왔다

부산으로 서울로 통영으로 광주로
얼마나 거친 바다를 돌고 돌았는지
뱃머리는 다 헐어 있고
배꼬리는 한쪽으로 심하게 기울었다

파도와 맞서며 물살을 가를 때마다
깎여 나간 흔적이 역력하다

명절이란 이유로 한데 모인 식솔들
저마다의 항해를 잠시 중단한 채
돌아와 정박한 모습들이
현관에 널브러져 있다

뱃머리를 대문 쪽으로 가지런히 놓는다

내일로 가는 항해가 부디 수월하기를
가고자 하는 그곳으로 순탄하게 가닿기를
내 한 줌 기도가

순조로운 항해의 깃발로
내내 펄럭이기를 바라면서

새해 첫날

一

이른 아침
맞은편 지붕에 까치 두 마리
몸짓으로 나누는 조용한 대화를 본다

입가를 훔쳐 주고
깃털을 골라 주며
얼굴을 부비고 또 부비고
내가 보든 말든
드러내놓고 애정을 나눈다

반가운 소식을 물고 온다는
까치 소리 한 소절 들으려고
창가에서 지켜보는 나를 보았는지
한 놈이 슬쩍 자리를 뜨고
남은 놈은 멋쩍은지 사방을 둘러보며 딴청이다

새 달력을 건 첫날
반가움 많은 한 해를 받으려고
둘 데 없는 가구처럼 베란다에 섰는데
깍깍깍깍, 까치 소리는 없고

一

진한 몸짓 대화만 지붕 위에 널려 있다

그냥 그렇게
못난 얼굴 맞대며 부비며
살라는 것인지

자신만의 색채로 만든 보편적 가치

마경덕(시인)

시인은 자신을 둘러싼 어느 지점에서 포착한 '감정의 결'을 지면에 설치하거나 '시의 슬하'에 오래 묵혀 두기도 한다. 특별한 감성의 단위들, 우연한 경험과 잠깐 스쳐 간 불투명한 기억도 어느 순간 '언어의 뼈'가 되어 일어선다.

예측할 수 없는 다양한 불행들이 일상에서 벌어지는 현시대는 각박하고 불안하다. 풀리지 않는 논리와 규칙들, 세계의 불행한 얼굴들, 존재의 본질적 고통, 시행착오를 거친 반성할 수 없는 일련의 문제들은 질문으로 남게 된다.

암울한 기류를 타고 쏟아지는 냉소적인 작품들, 난해한 이 시대의 급소를 찾아내는 단서는 없는 것일까. 현실과 비현실의 경계를 오가는 추상적이고 관념적인 대상을 구체화시켜 독자의 이해를 돕는 키워드는 왜 삭제된 것일까. 솔리드(solid) 라인을 벗어나 산발적으로 튀어나오는 비상식적인 논리, 그 안에서 균형과 화해를 발견하는 일이나 또 다른 의미를 가진 담론을 제시하거나 현실 속의 모호함 속에 존재하는 '사건의 지평선' 같은 철학적 질문을 재해석하는 일이 시 쓰기의 과제가 되었다.

그렇다면 김서희 시인의 문학적 성향은 어떠할까. 도도하게 팔짱을 낀 시들, 독자를 관망하거나 방관하는 시들, 입구도 출구도 없는 작품을 독자는 신뢰할 수 있을까. '보편적 가치'를 지닌 김서희 시인의 작품은 진솔하고 미덥다. 나지막이 조곤조곤 풀어놓는 일상의 서사에서 동시대를 살아가는 우리의 모습을 만날 수 있다.

시를 만날 때 시인은 '익숙한 장소'를 배회한다. 장소에 대한 사후적 기억은 옛 시간을 되돌리고 시인은 사라진 과거에 편입한다. 잠재적으로 은폐된 장소는 수시로 발현되고 기억 저편에 묻어 둔 한 사람의 부재가 얼마나 애틋하고 간절한 것인지 독자는 형언할 수 없는 상실감에 동참하게 된다. 절제된 감성으로 감동을 끌어내는 시인의 서사는 친화력이 있어 결국 독자는 결과를 수용하는 범주에 진입하게 된다.

엄마 가고 없어도 꽃은 피었다
동백꽃, 풍로초, 긴기아난, 게발선인장에 군자란까지
물과 빛이 있으면 그냥 피는 것처럼

모양을 이쁘게 잡아 주고
거름도 흠뻑 주어
작년보다 더 많은 꽃송이

더 진한 꽃송이가 달렸다

매정한 것들!

아니 아니

그 고마움으로
그 보살핌으로
저리 피어나는가
저리 답을 하는가

아니 아니

엄마가 오셨구나
저 환한 꽃들로 오셨구나

부신 햇살이 눈을 찌른다

—「부재(不在), 재(在)」 전문

　시인은 '없다'와 '있다' 사이에 놓여 있다. 엄마는 떠났고 고인의 손길이 닿은 화초는 남았다. 주인이 없는데도 더 많은 꽃을 피워 "매정한 것들"이라고 내뱉는다. 하지만 '없다'와 '있다'를 반복하듯 고마움, 보살핌으로 답을 하는 거라고 생각을 뒤집는다. 이어 한 발 더 나아가 꽃은 엄마로 환치된다.

감탄사인 '아니'는 놀라거나 감탄스러울 때, 또는 의아스러울 때 하는 말이거나 부사로 쓰일 때는 반대의 뜻을 나타내거나 어떤 사실을 더 강조할 때 쓴다. 여기에서는 부사와 감탄사 두 가지 뜻이 들어 있다. 문득 『마음과 물질의 대화』라는 책에 나오는 그레고리 베이트슨(Gregory Bateson)의 삼단논법이 떠오른다.

풀은 죽는다
사람은 죽는다
사람은 풀이다

자연과 인간을 등식화한 논리는 '죽음과 소멸'이다. 서로 다른 두 사실이 긴밀히 관련되거나 근본이나 중요함에서 서로 같게 된다는 것이다. 삶과 죽음, 있음과 없음, 꽃과 어머니는 동일체가 되어 나타난다. 같은 상황이나 조건도 마음먹기에 따라 달라지는 것을 알 수 있다. 긍정적인 사고가 우리 삶에 미치는 영향을 보여 주는 작품이다.

얼빠진 나를 보듯
알 빠진 반지를 본다
알은 없고 둥근 틀만 있는
가슴에 구멍이 난 반지

세수를 하고

밥을 차리고

설거지를 하고

청소기를

세탁기를 돌리고

마트에서 장거릴 사고

그렇게 지났을 뿐인데

그렇게 지났을 뿐인데

알맹이가 없다

어디로 갔을까

얼이 빠져

알 빠진 반지를 이리저리 만져 보듯

어디에도 없는 엄마를 두런두런 찾고 있다

어디에 계실까

　　　　　　　　　　　　　—「어디로 갔을까」 전문

'알 반지'에서 '알'은 '반지의 얼굴'이다. 얼굴이 없는 셈
이니 반지 주인은 기가 막혀 '얼'이 빠진다. 그렇다면 '얼'
은 무엇일까. '얼'은 몸을 붙잡고 있는 '정신의 줏대'이다.
사람의 몸에서 정신이 빠져나가면 온전한 사람이라고 볼

수가 없다. 핵심이 빠져 제구실을 할 수 없는 반지도 마찬가지다. 김서희 시인은 전혀 다른 '알과 얼'을 병치해서 유사성을 찾아낸다. '얼'이 빠져 사라진 반지의 알을 찾으며 어디에도 없는 엄마를 두런두런 찾고 있다. 알은 없고 둥근 틀만 남은 반지는 가슴에 구멍을 남기고 빠져나간 엄마의 자리이다. '얼과 알' 그리고 반지의 빈자리는 어느새 부재중인 엄마로 환치된다. 분명 존재하다가도 시간과 함께 사라져 버리는 사물, 그리고 사람, 돌아올 수 없는 것들은 시인에게 마음을 갉아먹는 슬픔으로 남아 있다. 시인은 비가시적인 세계와 현실을 대면시켜 점층적으로 시의 영역을 확장해 나간다. 앞의 작품에서도 보았듯이 김서희 시인은 유기적인 리듬 안에서 차분하게 자신만의 색채로 시의 세계를 만들어 가고 있다.

　　수도꼭지가 흘리는 소리를 듣는다

　　똑. 똑. 똑,

　　늦지도 빠르지도 않은 저 간격

　　똑. 똑. 똑,

　　리듬이 일정하다

아래로 아래로
동그란 물길을 그러모으듯
동심원 그리며 빠져드는 물방울에
먼 길 달려온 물의 걸음이 보인다

잠깐 푸른 하늘빛이 담기고
잠깐 창을 넘어온 햇살이 담기고
잠깐 앞치마를 두른 엄마가 보이고
호수에 돌멩이를 던지던 어린 날의 내가 보인다

눈에 고이는 물을 그러모아
그리운 모든 것들을 그러모아
바라보는
물. 끄. 러. 미.

그 느린 속도로 한 방울 한 방울
하루 한 달 한 해가 되어
천천히 가파르게 흘러가는 것이다

—「물끄러미」 전문

　　우두커니 한곳만 바라보는 물끄러미. 시선이 닿는 곳에
마음이 몰려 있다. 김서희 시인은 규칙적으로 떨어지는 물
소리에 집중한다. 수도꼭지 밸브가 헐거우면 떨어지는 물
소리는 시계 초침처럼 간격이 일정하다. 정확한 속도와 저

리듬은 늦지도 빠르지도 않다. "아래로 아래로/동그란 물길을 그러모으듯/동심원 그리며 빠져드는 물방울에/먼 길 달려온 물의 걸음이 보인다"라고 한다.

시인이 발견한 "물의 걸음"에 주목해 보면 머나먼 저수지에서 수도관을 타고 집에까지 달려온 '물의 여정'이 보인다. 아니다. 빗물이 출발한 지점은 '까마득한 하늘'일 것이다. 그 아득한 곳에서 지상으로 낙하할 때 물은 얼마나 소스라쳤을까. 드디어 지상에 도착해 고인 물은 호수가 되고 하늘빛이 담기고 잠깐 앞치마를 두른 엄마도 보인다. 눈에 고이는 '눈물'과 그리운 것들을 그러모으니 한 방울 한 방울이 하루가 되고 한 달이 되어 한 해가 천천히 가파르게 흘러가고 있다. 시간이 멈추지 않듯 인간도 신이 정한 '피니시 라인'을 향해 일생을 걷는다. 시나브로 낡아 가고 소리 없이 진액이 빠져나가 끝내 허물어진다.

지구는 1초에 약 430m의 속도로 자전하고 KTX는 시속 300㎞, 1초에 83m를 달린다고 한다. 그 빠르다는 KTX보다 세월이 다섯 배나 더 빠른 셈이니 시간은 미친 듯이 폭주하는 중이다. 그 가파른 세월 속으로 엄마도 흘러가 버렸다. 사라진다는 것은 참 쓸쓸한 일, 정적인 이미지 속에 참으로 치열하게 먼 곳으로 달아나는 우리의 삶이 있다. 시집 표제작인 「물끄러미」는 쉬운 문장에 감춰 둔 뜻이 얼마나 깊은지 자꾸만 시를 곱씹게 된다.

검지 쪽 손등,

푸른 핏줄 바로 위로 칼날이 스쳤다
비명을 지를 뻔한 찰나
나를 안심시키듯 살짝 피만 번졌다

허벅지만 한 무 껍질을
감당하지 못한 칼날에
내가 잠시 위험했다
무와 칼날 사이 그 팽팽한 탄력을
무시한 나의 실수였다

오래전
할머니도 엄마도 거쳐 갔을 이 순간
그들이 거쳐 온 핏방울의 과거사가
오늘 내게로 와서 겹쳐졌다

무를 다시 천천히 돌려 가며
칼날을 살살 다독이며
껍질을 벗기는 시간

어디선가 자꾸 피 맛이 난다

—「베이다」 전문

   소소한 이야기들은 시인의 손을 거쳐 친근한 시로 태어
난다. 다만 사적인 이야기에 그쳤다면 굳이 이 작품에 머

무르지 않았을 것이다. 단순한 이야기들이 어느 순간 무게를 지니고 가슴을 친다. "오래전/할머니도 엄마도 거쳐 갔을 이 순간/그들이 거쳐 온 핏방울의 과거사가/오늘 내게로 와서 겹쳐졌다"에서 짐작하듯이 할머니와 어머니는 나라를 잃고 칼에 피를 흘리는 '잔혹한 시대'를 거쳤다. 그분들의 희생이 없었다면 우리가 누리는 평화와 자유도 없었을 것이다.

주방의 역사도 마찬가지다. 손을 베이는 것은 대부분 칼을 쓰는 자의 몫이다. 칼은 양면성이 있어 잘 쓰면 이로운 도구가 되지만 잘못 쓰면 목숨을 위협하는 무기가 된다. 누군가 던진 칼날, 함부로 내뱉은 말 한마디에도 심장이 베이는 세상이다. 무 하나를 다듬는 일도 무를 천천히 돌려 가며 칼날을 살살 다독여야 한다. 감당하지 못한 칼날은 얼마나 위험한가. 슬쩍 비켜 간 칼날에 자꾸 피 맛이 난다고 한다.

일상을 통해 보여 주는 주변의 풍경에는 시인이 의도한 요소들이 하나둘 복선을 드러낸다. 대부분 화려하며, 자극적인 것들에 눈과 귀를 빼앗기는 현대인에게 차분한 목소리의 소박한 시편들이 잃어버린 것들을 감각할 수 있는 길을 열어 주고 있다.

오토바이를 타면
얼굴에 와닿는 그 바람 맛이 일품이란다
한두 방울씩 떨어지는 빗방울이

129

얼굴에 닿아 퉁겨질 때면
애인의 손길이 탱글탱글 느껴진단다

속도계 게이지가 올라갈 때마다
어미의 속은 시꺼멓게 타들어 가고

속도를 즐기는 아들과
속도에 심장이 짓눌리는 어미는
엇 박 자

제발 제발
바퀴 닿는 그 땅과
얼굴에 닿는 그 바람이
부디부디 순한 흐름이기를 바라고 바라노니

바라바라~ 바라바라~

멀리서 아들이 온다

—「엇박자」 전문

  '속도'에 빠진 아들과 아들의 위험한 '질주'를 염려하는
어미는 엇박자다. 아들은 '즐거운 현재'에 머물러 있고 어
미는 '불안한 미래'에 빠져 각각 다른 세상을 바라본다. 살
면서 마음 졸이는 일이 얼마나 많은가. 부모가 자식을 바

라보는 심정을 자식들은 얼마나 알고 있을까. 어쩌면 불행은 아들을 겨냥할지도 모른다. "속도계 게이지"가 올라갈 때마다 어미의 속은 시꺼멓게 타들어 간다.

한계치를 넘어선 쾌락은 죽음에 대한 공포를 마비시킨다. 도처에 죽음이 잠복해 있는데 그 사실을 미처 의식하지 못하는 젊음은 무지하고 무모하다. 어미는 '우리 곁에 존재하는 죽음'을 증언하고 아들의 행동을 만류한다. 어쩌면 '기우'일지도 모르지만 그 '기우'가 '기우'가 아닐 수도 있다는 것을 어미는 예감하는 것이다.

희박한 가능성조차도 어미에겐 풀지 못할 문제로 다가온다. 필자 역시 무모하고 어리석은 젊음의 한때를 보냈다. 지금 알고 있는 것을 그때 알았더라면 결단코 그 길로 가지 않았을 것이다. 수많은 시행착오를 겪고 비로소 얻어지는 삶의 지혜를 무모한 젊음이 알 리가 없는 것이다.

"바라바라~ 바라바라~" 경적을 울리며 아들이 오고 있다. 멀리서 들리는 아들의 기척에 어미는 조바심을 내려놓는다. 우리가 살아가는 세상과 혈연이라는 구성 인자들의 소중한 관계를 잘 표현한 작품이다.

뉴스 시작 삼 분 전 사과를 깎기 시작한다

삼 분 후면 듣게 될

세상 돌아가는 이야기

사각사각, 사과를 돌려 깎으며

시간을 돌돌 깎아 내리며

쏟아질 뉴스에 주파수를 맞춘다

매일같이 밖의 세상이 궁금한 나는

오늘의 뉴스를 접시에 담는다

갓 낳은 아기를 검은 비닐에 싸서 버렸다는

유명 가수가 음주 교통사고를 냈다는

필리핀에 간 청년이 저수지 플라스틱 통에서 발견되었다는

4.8 규모의 지진이 남쪽 지방에서 발생했다는

돌려 깎은 사과가 접시에 담기고

접시에 담긴 사과는

큰아들 작은아들 입으로 사각이며 사라지고

뉴스도 사과처럼 한 조각씩 넘어가고

베란다 흰 제라늄이 시들어 가는 동안

돌려 깎은 사과 껍질은 버려지고

8시 저녁 뉴스는 늘 쓴맛으로 남았다

—「접시에 담긴 저녁」 전문

  시인이 깎는 '둥근 사과'는 마치 '자전하는 지구'를 연상하게 한다. 자전축이 23.5° 기운 지구가 쉬지 않고 자전하는 시간은 24시간, 하루가 걸린다. 오늘의 뉴스도 딱 하루치다. 저녁 뉴스에 주파수를 맞추고 돌려 깎는 사과의 껍질도 둥글다. 접시에 사과가 쌓일 때마다 뉴스도 함께 쌓인다. 겉과 다른 사과의 속살이 칼날에 환히 드러나듯 숨겨진

지구촌의 사건 사고도 낱낱이 쪼개지고 본색을 드러낸다.

대부분의 뉴스는 암울하고 이기적이다. 비극적인 사건들이 안방까지 날아드는 동안 사과는 큰아들 작은아들 입으로 사라지고 뉴스도 한 조각씩 넘어간다. "베란다 흰 제라늄이 시들어 가는 동안/돌려 깎은 사과 껍질은 버려지고/8시 저녁 뉴스는 늘 쓴맛으로 남았다"고 한다.

하루치의 뉴스는 우리의 기억에서 잠시 머물다가 또 다른 사건 사고에 밀려 사라질 것이다. 타인의 불행은 우리의 기억에서 오래 살아남지 못한다. 그렇게 불행에 익숙해지며 우리의 감각이 무뎌지는 동안 지구는 오늘도 참혹한 전쟁에 피를 흘린다. 사과의 끈적한 과즙도 알고 보면 사과가 흘린 피가 아닌가. 누구나 겪게 될 보편적이고 일상적인 삶의 모습들을 통해 김서희 시인은 우리가 기억해야 할 메시지를 보내고 있다.

또 봄이 왔습니다
당신이 끓여 준 도다리쑥국은
완연한 봄날이었습니다

그녀가 불쑥 건네준 한 봉지 쑥은
요리에 젬병인 나를 살짝 고민에 빠뜨렸습니다

아직 아침저녁 바람이 맵싸한데
조각 햇살 펼쳐진 곳곳에

소보록하니 올라온 쑥을 똑똑 끊어 온

그녀 포근한 마음 헤아리며

유튜브에 물어 국을 끓입니다

전화해서 물어볼 당신은 먼 하늘에 계십니다

쌀뜨물과 된장에 버무려진 쑥과

싱싱한 도다리로 만들어진 한 그릇의 국

햇살 잔뜩 머금은 쑥과

쪼그려 앉았던 산비탈의 그녀 따사로운 정이

오늘 저녁 한 그릇 봄국으로 완성되었습니다

당신께 전화해서 무한 자랑하고 싶은

봄, 봄국입니다

—「봄국을 끓이다」 전문

  봄을 대표하는 음식은 많지만 그중에서도 '도다리쑥국'
은 제철이 아니면 먹을 수 없는 음식이다. "아직 아침저녁
바람이 맵싸한데/조각 햇살 펼쳐진 곳곳에/소보록하니 올
라온 쑥을 똑똑 끊어 온/그녀 포근한 마음 헤아리며"에서
쪼그려 앉아 쑥을 캐 온 그녀는 지인일 것이다. "조각 햇
살"이라니 아직 완연한 봄은 아니다. 추위를 쑥 밀고 올라
온 쑥은 이른 봄을 알린다. 쑥이 진 자리에 쑥이 나오고 민
들레가 사라진 자리에 민들레를 불러내는 봄은 얼마나 기

억력이 좋은가. 해마다 길을 잃지 않고 꼬박꼬박 찾아 주는 봄은 또 얼마나 대견한가. 한 치 빈틈없는 우주의 운행에 그저 감탄할 뿐이다.

자연은 자연스럽게 다가온다. 자연스럽게는 억지로 꾸미지 아니하여 어색하지 않다는 뜻이고 순리에 맞고 당연하다는 말이다. 봄은 왔지만 떠난 사람은 오지 못한다. 이것 또한 당연한 이치인데 당연함이 왜 이토록 아플까.

시인은 자연이 준 봄을 끓인다. 엄마가 없어 유튜브에 물어서 만든 봄국이다. 손수 끓인 '도다리쑥국'을 무한 자랑하고 싶은 봄이다. 엄마의 부재가 또 한 번 등장하며 봄국에 그리움이 가득 담긴다. 작품 속 등장인물을 살펴보면 한 사람의 얼굴이 반복적으로 보인다. 이는 내면에 깊이 존재하는 실핏줄처럼 번져 있는 '존재의 뿌리' 같은 것이다.

독자의 시선은 하나의 지점으로 몰려들고 그 자리에서 아름다운 기억에 동참하게 된다. 그리움은 한 사람의 몫에서 누구나의 몫으로 번져 간다. 일상에서 마주치는 사소한 풍경에서 인간의 여러 측면을 치밀하게 그려 내는 솜씨는 시인의 능력일 것이다.

손바닥으로 감싸고 있는 너의 얼굴에
작은 오만과 쓸쓸이 함께하고 있는 이유를
우리는 모른다
빤히 쳐다보는 눈매와
도도하게 뻗친 콧날 아래

쓸쓸한 듯

고독을 물고 있는 꼭 다문 입술

어디를 향하고 있는지

눈빛이 멀다

그 먼 허공에 엄마가 보이는지

음– 마– 하고 부른다

배냇짓하는 아가처럼 씨익 웃다가

금세 굳어지는 저 무표정의 표정

세상천지 홀로 툭 떨어진 듯

아무것도 모르는 구십넷 세월이

헛되고 헛되다

그 두툼한 외로움을 우리가 모르듯

너도 우리를 모른다

못 알 아 본 다

　　　　　　　—「모르고 모르니 모를 일이다」 전문

　한 치 앞도 모르는 게 인생이다. 그토록 열광했던 일들, 일생 목숨 바쳐 사랑했던 사람들도 기억 밖으로 사라졌다. 쓸쓸하고 오만한 표정 뒤에 순진무구한 얼굴이 있다. 엄마 얼굴을 본 것일까. 94년을 살아온 노인이 다시 아기가 되는 순간이다. 그러다가 금세 표정이 굳어진다. 왜 그러는지 참으로 모를 일이다. 지금 우리가 알고 있는 것은 유효기간이 언제일까. 아니 알고 있는 것이 정녕 진실일까. 수많은 물음이 우리를 에워싸고 있다.

고령화 시대에 치매 환자는 늘어 가고 배회하는 사람을 찾는 문자는 수시로 '타인의 폰'에 도착한다. 살아 있으면서도 날마다 소리 없이 지워지는 사람들, 기억이 '지워진다'는 것은 '존재를 부인하는' 일이니 이 세상에 '있지만 없는' 셈이다. 시인은 '응시하는' 자이고 '존재의 본성'을 '탐구하는' 자이다. 이런 측면에서 본다면 텅 비어 버린 허탈한 존재를 어떻게 기록할까. 지금 이곳에는 비루하고 참담한 슬픔이 마지막 끄트머리에 도달해 있다. 현대 의학으로도 해결하지 못한 치매라는 질병이 언제 극복될지 모르고 모를 일이다.

김서희 시인은 시집 서두에 "세상 와서 배운 건 완벽한 고독/돌아서면 몰려오는 몹쓸 헛헛증//핸들을 잡고 흘러간다//어디로 가고 있는가, 나여//끝은 있는가, 나여"라고 묻고 있다(「시인의 말」).

기억 저편에 묻어 둔 사랑하는 사람의 '부재를 통해' 발생하는 허무함과 삶의 헛됨을 다시 한번 보여 주는 대목이다. 김서희 시인의 '작품의 힘'은 무엇보다 독자의 감각을 자극하는 정화력(淨化力)이다. 시인이 제시한 프레임 속에는 교감과 소통을 지향하는 상호작용이 있다. 각박한 세상과 주변의 영향으로 메마르고 산만하고 어지러운 심경(心境)이 시인의 맑은 감성으로 환기되고 가지런해진다.